FLASH FICTION

LA NUIT DES REQUINS

Les pages de cet ouvrage ont été teintées pour limiter les contrastes, qui peuvent provoquer de la fatigue visuelle chez certains lecteurs.

Cet ouvrage a été imprimé sur un papier
issu de forêts gérées durablement, de sources contrôlées.

Design couverture : Nicolas Vesin
Photographies de couverture : © Nikolaj Krabbe Jepsen,
© luchschenF, © kdshutterman, © k_p_g_s / Shutterstock
Maquette intérieure : Bertille Mennesson

ISBN : 978-2-7002-5529-4
ISSN : 2555-7610

LA NUIT DES REQUINS

Jean-Christophe Tixier

RAGEOT

LES PERSONNAGES DU ROMAN

Léo a 17 ans. Il est passionné de voile et de surf. Il est en vacances sur une petite île qui appartient à son beau-père. Il préfèrerait être avec Lisa, dont il est amoureux.
Il est le narrateur de cette histoire.

Camille est la demi-sœur de Léo.
Aujourd'hui, elle fête ses huit ans.

Le beau-père de Léo
Il a épousé la mère de Léo il y a quelques années et est le père de Camille. Il est un homme d'affaires très riche. Il possède une petite île sur laquelle se trouve une maison dans laquelle ils passent leurs vacances en famille.

La mère de Léo et Camille, comme toutes les mères, souhaite le meilleur pour ses enfants.

SOMMAIRE

Chapitre 1

Vendredi – 21 h15

L'allumette est presque entièrement consumée quand je l'approche d'une nouvelle bougie. Je sens la chaleur de plus en plus forte sur mes doigts. Dès qu'elle devient insupportable, je jette l'allumette dans l'évier, où elle s'éteint au contact de l'eau dans un léger chuintement.

J'attrape la boîte, en sort une nouvelle mais, avant de la gratter, je saisis mon portable. Simplement pour dire à Lisa qu'elle me manque et que j'aimerais qu'elle soit là, avec moi, pour lui faire découvrir ce petit coin de paradis. C'est prévu. Lisa viendra l'été prochain. Plus que cinq mois à attendre. Je nous imagine en train de petit-déjeuner sur la petite plage au bout de la terrasse, puis d'enfiler nos combinaisons avant de partir affronter les vagues avec nos planches. Je sais que la magie opérera, comme elle l'a fait avec moi à la seconde où je suis venu ici pour la première fois. J'envoie le message, pose le téléphone à côté du gâteau pour guetter sa réponse.

Je frotte l'allumette sur le grattoir. Seule une petite gerbe d'étincelles jaillit. Les allumettes servent tellement rarement que l'humidité de l'air marin les rend par moments inutilisables. Je m'apprête à renouveler mon geste quand j'aperçois une silhouette passer en trombe devant la fenêtre. Sous l'effet de la surprise, mon cœur s'emballe mais, très vite, je me ressaisis, et l'émotion retombe. La maison est construite sur une petite île, fierté de mon beau-père. Et cette île est elle-même située à plusieurs milles des côtes. Il arrive que des touristes accostent et qu'on en retrouve dans le jardin. Parfois, ils râlent quand on leur explique qu'il s'agit d'une propriété privée et qu'ils n'ont rien à faire ici. Mais c'est en plein jour, l'été. Là, avec la tempête qui sévit, personne n'a pu arriver jusqu'à l'île. Je me penche, scrute tout de même l'extérieur à travers les gouttes de pluie qui s'écrasent sur la vitre.

Dehors, il fait nuit noire. Le vent qui souffle en bourrasques secoue les arbres. Je demeure un instant à surveiller, ne vois rien qui puisse ressembler de près ou de loin à la forme que j'ai aperçue. Pour en avoir le cœur net, j'ouvre la porte. Aussitôt, le vent glacé s'engouffre et me tire un long frisson.

Le chahut de la nature me submerge. Le gémissement du vent. Le fracas des vagues sur les rochers. La pluie qui tambourine sur la véranda. Je regarde à droite puis à gauche, imagine un bateau en perdition qui se serait échoué sur les rochers, mais je ne vois rien. Si la silhouette que j'ai cru apercevoir était celle d'un naufragé, celui-ci aurait déjà frappé à la porte pour demander du secours et se mettre à l'abri. Il s'agissait sans doute d'une bâche emportée par le vent. Ou bien d'un fauteuil de jardin dont l'attache aura cédé sous l'effet de la tempête.

– Alors, Léo, qu'est-ce que tu fabriques ? me crie Camille depuis le salon, alors que je referme la porte pour retrouver la chaleur réconfortante de la cuisine.

Camille est ma demi-sœur. Nous avons la même mère, mais pas le même père. Le mien n'a plus donné de nouvelles depuis bientôt dix ans. Le sien est dans le salon avec notre mère. Camille a huit ans aujourd'hui.

– Laisse ton téléphone! me crie mon beau-père. Lisa peut survivre une heure sans recevoir de textos!

À croire qu'il a placé une caméra de surveillance dans mon dos. Ça m'énerve d'être si prévisible.

– J'arrive !

Je prends quelques secondes pour vérifier mon portable, découvre un message de Lisa. Un cœur rouge, auquel je réponds avec un autre identique.

J'allume les quatre dernières bougies et prends la direction du salon en veillant à ce qu'aucune ne s'éteigne. À ma vue, ma mère éteint la lumière et entonne un chant de joyeux anniversaire. Les mains jointes, prêtes à applaudir, Camille trépigne sur sa chaise.

– Chante avec nous, me demande ma mère.

J'espérais qu'à dix-sept ans je pourrais enfin être dispensé de ce genre de corvées. Mais non.

– Allez, insiste mon beau-père. Tu peux faire ça pour ta sœur. C'est une fois dans l'année. Fais un effort.

J'ai envie de lui rappeler qu'elle n'est que ma demi-sœur et que ça m'autoriserait à ne chanter qu'une fois tous les deux ans, mais je doute que ma famille apprécie mon humour.

Je me mets à chanter, sans véritable conviction.

– Plus fort ! exige Camille.

Pour abréger ma peine, je dépose le gâteau face à elle.

– Souffle vite si tu veux avoir tes cadeaux.

L'effet est immédiat. Elle prend une longue inspiration, bloque sa respiration en gonflant ses joues, puis se met à souffler sous les encouragements de ma mère. Très vite, nous nous retrouvons dans le noir. Puis c'est le silence, à peine troublé par les mouvements de ma mère et de mon beau-père qui se sont levés pour attraper les cadeaux et les disposer devant ma sœur avant qu'on ne rallume. Je ne sais pas d'où vient cette tradition, mais c'est ainsi qu'on procède dans ma famille.

– Et si tu n'avais rien cette année ? je murmure à l'oreille de Camille.

– Arrête de dire n'importe quoi, sinon c'est toi qui n'auras rien pour ton anniversaire, répond-elle.

Je passe une main dans ses cheveux, qui lui déclenche un petit rire satisfait.

– À trois, on rallume, annonce mon beau-père. Un ! Deux ! Trois !

Je m'approche du mur, tâtonne pour trouver l'interrupteur, puis le presse.

À peine ai-je rallumé qu'un grand fracas retentit, qui nous cloue tous sur place. La seconde suivante, deux hommes cagoulés surgissent dans le salon et tirent une rafale d'arme automatique dans le plafond.

Chapitre 2

Vendredi – 21 h 32

– Mettez-vous à plat-ventre ! Les mains sur la tête !

La voix, qui tonne dans le salon, couvre les pleurs de Camille et les cris de ma mère.

Mon beau-père les serre contre lui, presse une main sur la bouche de ma mère pour l'inviter à se taire et tenter de ramener le calme. Puis il écarte les bras, mains levées en signe d'apaisement, et s'approche des deux assaillants. Il y en a un plus grand que l'autre. Mais c'est le plus petit qui paraît le plus costaud. Sans prévenir, il assène un coup dans le ventre de mon beau-père puis un autre dans ses tibias pour le projeter au sol. Ma peur est si intense que j'ai l'impression que je vais vomir.

– Tes mains sur la tête ! lui hurle-t-il en pointant son arme sur sa tempe.

Comme mon beau-père tarde à s'exécuter, l'homme lui balance un coup de pied dans la figure. C'est l'arcade sourcilière qui prend. Le sang se met à couler. Mon beau-père obéit. Ma mère est maintenant elle aussi au sol, collée à Camille. Toutes deux ont mis leurs mains sur la tête.

Quant à moi, je suis toujours debout. J'assiste à la scène comme si j'étais un spectateur. Tout cela est tellement fou que je réalise à peine ce qui est en train de se passer. Le plus grand des braqueurs tire les rideaux pour qu'on ne nous voie pas depuis l'extérieur. Précaution inutile, nous ne sommes pas si loin du continent, mais tout de même, pas si proches, et puis il n'y a aucune autre habitation sur cette île... Ensuite, il arrache la prise de la box internet.

Quand il se retourne, il réalise que je l'observe. Je croise son regard. Brillant d'une détermination glacée.

– Tu es sourd ? crache-t-il avec brutalité. Dépêche-toi de t'allonger par terre !

Sans attendre, je plonge. J'ai soudain froid, et me mets à trembler.

– Vous fixez le sol des yeux ! Je ne veux voir aucune tête se relever ! Sinon...

Il laisse sa menace en suspens. Camille pousse un cri.

– Silence ! Je ne veux rien entendre !

Dans la seconde, je ne perçois plus que les battements de mon cœur, je me demande s'il ne va pas exploser. Tout a si vite basculé dans l'horreur. Le paradis vient de se transformer en enfer.

Un des hommes se plante devant moi. Je ne vois que le bout de ses chaussures. Les mêmes que celles que portent les militaires dans les jeux vidéo.

– Tu sors ton téléphone et tu le poses devant mes pieds.

Je ramène mes bras en direction de mes poches.

– Avec une seule main !

J'en replace une sur ma tête, fouille ma poche de l'autre, d'où je sors mon portable que je dépose devant ses pieds. D'un coup de talon, il l'éclate. Je serre les dents pour ne pas hurler. Des larmes envahissent mes yeux.

Très vite, l'autre homme fait subir le même sort aux portables de mes parents.

À partir de maintenant, nous sommes complètement isolés du monde extérieur.

Notre maison, notre cocon, s'est transformée en prison. Comme ça, en un claquement de doigts.

– Si vous ne faites pas les malins, tout se passera très bien. Celui qui tente quelque chose, on l'enferme au sous-sol.

L'homme s'éloigne de moi, s'approche de mon père.

– On veut juste un virement d'un petit million d'euros, annonce-t-il en ricanant.

– Mais...

– Il n'y a pas de mais ! Tu obéis, et puis c'est tout ! On connaît tout de toi ! Tes habitudes, ton salaire, les numéros de tes comptes bancaires, les montants qui s'y trouvent. Elle a bien tourné, ton entreprise, l'an dernier. Ça devrait pas peser lourd, un petit million, pour toi, non? Promis, dès qu'on aura confirmation que le virement est bien arrivé, on s'en ira.

– Il y a des sécurités, je ne peux pas faire un virement de ce montant, proteste mon beau-père.

J'ai envie de lui dire de se taire. Et simplement d'obéir.

– Arrête de dire n'importe quoi. On sait qu'il existe des procédures d'urgence et que tu as les codes pour le faire.

L'homme éclate de rire.

– Je te l'ai dit… on sait tout de toi.

J'entends mon beau-père se lever. Je risque un regard, croise le sien. Je peux y lire la peur. Il m'adresse un signe pour tenter de me rassurer.

Un des hommes a ouvert une mallette sur la table du salon, juste à côté du gâteau d'anniversaire de Camille. La crème commence à fondre et le gâteau s'affaisse. De la mallette, l'homme sort un clavier. J'aperçois un écran dans le couvercle.

Je jette un coup d'œil à ma mère. Elle ne bouge pas. Ma demi-sœur non plus. Toutes deux semblent statufiées.

Un des hommes tire une chaise pour permettre à mon père de s'asseoir, comme le ferait un serveur dans un grand restaurant.

Je me raccroche à l'idée que, dans quelques minutes, une fois le virement effectué, les hommes repartiront comme ils sont venus, et que chaque chose reprendra sa place. Comme avant. En pensant à ces deux derniers mots, je pressens que ce ne sera pas le cas. Qu'avec ce qu'il vient de se passer, rien ne pourra vraiment redevenir comme avant. Comment oublier ?

Je jette un regard alentour. La pièce autour de moi me semble complètement nouvelle. Comme si je la voyais pour la première fois. Mon beau-père est figé, face à l'ordinateur. Ses épaules semblent peser une tonne.

– Vous n'êtes pas si bien renseignés, je le crains. Mon entreprise est au bord de la faillite. Nous avons perdu un gros client chinois. Je n'ai pas l'argent pour faire le virement.

Un des hommes frappe mon beau-père au visage. Celui-ci pousse un gémissement. Camille hurle. Et un coup de feu retentit.

Chapitre 3

Vendredi – 21 h 52

Je me tourne. Ce n'est pas sur Camille qu'ils ont tiré, mais sur un vase qui était posé sur la table basse un peu plus loin.

J'ai l'impression d'avoir pris place sur un manège diabolique. Il y a deux minutes, il me semblait que tout allait reprendre sa place, et voilà qu'avec l'annonce de mon beau-père, tout bascule à nouveau dans l'horreur.

Le silence est tel que l'eau qui coule de la table sur le sol me paraît faire autant de raffut qu'une cascade.

Plus rien n'est normal. Tout prend des proportions inhabituelles. Le film des dernières minutes défile dans mon esprit. Avec tout un cortège de regrets. C'était bien un homme que j'ai vu tout à l'heure par la fenêtre de la cuisine. Je m'en veux de ne pas avoir compris que des intrus avaient débarqué sur notre île. Nous aurions pu nous enfermer dans la maison. Mais l'instant d'après, je repense aux armes. Aucune serrure ni aucune fenêtre n'aurait résisté à une rafale de pistolet mitrailleur. Je demeure un moment sans bouger. J'ai du mal à faire le tri dans tout ce qui vient de se passer. Tout va beaucoup trop vite. Tout est trop dur. Trop violent.

La seule certitude, c'est que nous sommes pris au piège. S'il n'y avait pas eu l'anniversaire de Camille, je serais resté à Paris et, à cette heure, je serais avec Lisa, chez ses parents. Penser à elle me fait du bien et, en même temps, me torture. Je voudrais la tenir dans mes bras, la serrer fort contre moi, blottir mon visage dans son cou et respirer son odeur.

J'ai une soudaine envie de pleurer, mais je la repousse de toutes mes forces. Je ne dois pas me laisser aller.

– Arrête de te foutre de nous ! hurle le plus grand à l'oreille de mon beau-père.

– Je… je… ne me moque pas de vous. Nous avons vraiment perdu un gros client chinois. Nous avons fait beaucoup d'investissements. L'entreprise est au bord de la faillite. Je dois voir des banquiers la semaine prochaine à Paris pour trouver une solution.

Un court silence envahit la pièce.

– On n'en a rien à foutre de tes salades! Tu te débrouilles comme tu veux. Il est vingt-deux heures. Si à minuit on n'a pas reçu la confirmation du virement, on se tire d'ici et on embarque ta fille!

– Non! hurle ma mère, vous ne pouvez pas faire ça. Vous n'avez pas le droit!

Camille sanglote dans ses bras. Cette annonce a sonné comme un coup de tonnerre. Les hurlements de ma mère sont pires encore.

– Si vous ne voulez pas qu'on l'emmène, vous n'avez qu'à convaincre votre mari de payer!

Les pleurs succèdent aux cris. J'ai du mal à mettre de l'ordre dans mes pensées. Mais trois idées m'obsèdent qui tambourinent dans ma tête. Des types violents menacent ma famille. Mon beau-père ne peut pas nous sauver. Je ne peux pas rester sans rien faire.

Avant de réaliser que ce que je vais tenter relève de la folie, je me relève et bondit en direction de mon beau-père.

– Tu n'as pas le droit de nous mettre en danger pour sauver ton pognon !

J'ai crié plus fort que je l'avais prévu.

– Non, Léo, ne bouge pas !

Très vite, tout bascule de nouveau dans la cohue. Il me faudrait du temps pour réfléchir, trouver les mots, mais le plus petit des cagoulés est sur moi, m'attrape par le col et me pousse violemment pour me déséquilibrer.

– On t'avait dit de ne pas bouger! me hurle-t-il alors que je viens de m'étaler sur le sol.

Je croise le regard incrédule de mon beau-père. Je voudrais lui expliquer pourquoi je fais tout ça, mais nos agresseurs ne m'en laissent pas le temps et, dans l'instant, tout se brouille dans mon esprit.

L'homme interpelle son complice.

– Va l'enfermer à la cave !

– Mais…

– Ferme-la !

Il accompagne son ordre d'un coup de poing dans mes côtes qui me coupe le souffle. Puis il me traîne jusqu'au sous-sol.

La porte claque dans mon dos, puis j'entends le verrou se refermer. L'instant d'après, c'est le silence.

Chapitre 4

Vendredi – 22 h 06

L'obscurité dans la cave est totale et me terrifie.

À tâtons, je cherche l'interrupteur. Mais quand je le trouve et l'actionne, aucune lumière ne surgit. Ces enfoirés ont coupé le courant dans le sous-sol. Ce constat m'horrifie. Pour éviter que la panique m'emporte, je m'oblige à me remémorer l'agencement de l'endroit. Je n'y suis pas revenu depuis presque deux mois. C'était à la fin de l'été, quand j'ai rangé ma planche à voile, quelques jours avant la rentrée scolaire.

J'avance droit devant, fouille de mes mains le vide autour de moi. Là, un vélo. Là, un casier à bouteilles. Plus loin, une paire de rames. Je gagne la porte qui donne sur l'extérieur. Bien-sûr, elle est fermée à clé.

En haut se joue le sort de ma famille. Mon beau-père ne peut pas payer. J'ai bien compris dans ses yeux qu'il ne mentait pas. Il n'y a que moi qui puisse empêcher que ces hommes enlèvent Camille.

J'ai voulu ruser en tentant le tout pour le tout afin qu'ils m'enferment ici, avec l'espoir que la porte serait ouverte, que je pourrais quitter l'île avec notre canot, malgré la nuit et le mauvais temps, pour regagner le continent et donner l'alerte. J'ai subitement peur d'avoir fait le mauvais choix. J'aurais tellement besoin de conseils, ou au moins de temps pour réfléchir. Mais je ne dispose ni de l'un ni de l'autre. Deux heures. Dans deux heures, ils partiront en emmenant Camille !

Je me dirige vers le soupirail. C'est la seule issue possible. Je n'ai pas d'autre solution.

Avant que la peur ne noie mon projet, je rassemble quelques affaires. Les rames. Un gilet de sauvetage. Le vieux couteau qui sert à la pêche, que je glisse dans ma chaussette. Ainsi qu'une lampe torche que je fourre dans ma poche. Le temps presse.

Dans la caisse à outils, j'attrape deux tournevis. Un plat et un cruciforme. J'espère que cela sera suffisant pour décrocher la plaque qui obture le soupirail.

Du bout des doigts, je vérifie la manière dont elle est fixée : quatre vis cruciformes.

Très vite, je parviens à retirer la première. La deuxième, sans doute rouillée, me donne plus de fil à retordre. Heureusement, les deux suivantes n'offrent aucune résistance. Délicatement, je dépose la plaque au sol. Le vent glacé s'engouffre dans la cave.

Sans attendre, je jette les deux rames à l'extérieur par l'ouverture, pousse le gilet dont j'attache une des sangles à la gouttière pour éviter qu'il soit emporté par le vent.

Au moment de me faufiler dans le soupirail, un énorme doute m'envahit. J'agis comme si j'étais membre des commandos, mais je n'en suis pas un, et je n'ai jamais eu à m'échapper de quelque part. Sauf dans mes jeux vidéo. Mais je n'ai pas le choix. Je dois tout tenter.

Je monte sur une caisse, m'agrippe à la poutre pour me hisser. Je glisse mes deux bras à l'extérieur, puis je prends appui sur le mur et pousse de toutes mes forces. Ça passe juste, mais ça passe. L'instant d'après, je rampe sur le sol pour dégager mes jambes.

Me voilà dehors.

*

Avec les rideaux que les hommes cagoulés ont tirés, je ne peux pas voir ce qu'il se passe à l'intérieur de la maison.

J'imagine la tension, mon beau-père, avec un mince filet de sang qui coule le long de son visage. J'espère qu'il a compris ce que je manigançais, et qu'il fait tout pour gagner du temps afin que je puisse atteindre le continent. Je jette un coup d'œil au ciel. Par moments, un croissant de lune apparaît entre les gros nuages que pousse le vent. Au loin, j'aperçois la lumière du phare, ainsi que les signaux clignotants rouges et verts qui balisent le chenal pour rentrer au port. Pour me rassurer, je me récite les règles de base de la navigation. Laisser les balises rouges à bâbord, et les vertes à tribord. Derrière, j'aperçois les lumières des habitations. Elles me paraissent à la fois tellement lointaines, et pourtant si près.

Je n'ai jamais navigué la nuit. Seulement de jour, et par beau temps. Mon cœur s'emballe, et je dois inspirer plusieurs fois à fond pour lui redonner un rythme plus régulier.

Je n'ai pas de temps à perdre. Je dois rassembler le matériel et foncer vers le canot. Les bras chargés, je me dirige vers le ponton, quand un éclair jaillit. Il y a un troisième homme, qui est en train de s'allumer une cigarette. Instinctivement, je m'accroupis pour ne pas me faire repérer. J'aurais dû m'en douter.

Tant qu'il est là, je ne peux pas rejoindre notre canot. Et à la nage, je n'ai aucune chance d'atteindre le port.

Je vais devoir contourner l'île par la mer, dans les rochers qui la bordent, pour arriver au bateau par l'arrière. Là, je profiterai de l'obscurité pour le détacher et le pousser vers le large.

J'enfile le gilet de sauvetage de manière à n'avoir que la paire de rames à la main.

J'entre dans l'eau. Les rochers sont glissants, par endroits abrupts. De nombreuses fois, j'y ai péché de petits crabes. Il y a des trous, des amas d'algues. Les pièges sont nombreux. Quand les vagues s'écrasent sur les rochers, des gerbes d'écume éclaboussent la nuit de leur blancheur.

Ma progression est lente. J'ai l'impression que le temps s'étire et que je n'y arriverai jamais. Un pas après l'autre. Ne pas penser à la suite. Simplement à ma sœur. La sauver. Il n'y a que cela qui doit compter.

Enfin, j'atteins mon objectif. De là où je suis, je peux voir la silhouette de l'homme sur le ponton. Il fait les cent pas dans un sens puis dans l'autre, les mains enfoncées dans ses poches pour les protéger du froid. Est-il armé ? Sans doute. Mais le fait de ne pas voir son arme m'aide à ne pas céder à la panique.

Je m'enfonce un peu plus dans l'eau glacée, puis progresse jusqu'au bateau.

Par chance, la marée est en train de descendre et le canot se retrouve en contrebas du ponton. Si je ne fais pas de bruit, il ne me verra pas. Je dépose les rames dans le fond du bateau et, de mes doigts engourdis par le froid, je tente de défaire le nœud de l'amarre. Je dois m'y reprendre plusieurs fois avant d'y arriver.

Quand l'embarcation est enfin libérée, je la pousse vers le large, puis grimpe dedans. Cette deuxième victoire me redonne du courage.

Plein d'une énergie nouvelle, j'installe les rames. Je dois attendre d'être plus loin pour démarrer le moteur. S'ils m'entendaient, ils paniqueraient et pourraient s'en prendre à ma famille.

À intervalles réguliers, je me retourne pour vérifier ma position. Les distances sont impossibles à évaluer. Dans la nuit, avec le vent et les courants, je ne sais pas si j'avance ou si je recule. Ce qui est certain, c'est que je dérive. Et ça peut être dangereux. Il y a de nombreux rochers qui affleurent dans les parages. Surtout à marée basse. Si je ne veux pas m'échouer, je n'ai pas d'autre choix que de mettre l'hélice à l'eau. J'espère que le bruit du vent dans les arbres masquera le vrombissement du moteur.

Je m'arc-boute pour attraper le câble du démarreur, puis le tire, sans succès. Un terrible doute me submerge. Auraient-ils saboté notre bateau pour nous empêcher de fuir ? Cette perspective m'effraie. Je tire encore et encore. Tirer. Tirer. Encore tirer. Une puissante odeur d'essence plane maintenant dans l'air. Je dois me rendre à l'évidence. Le moteur ne démarre pas, et ne démarrera plus. S'il n'a pas été neutralisé, je l'ai noyé. La rage qui m'habite emporte tout raisonnement rationnel. Je m'en veux. Je voudrais hurler, mais je me contente de donner un grand coup de pied dans la coque. Désespéré, je m'assois. Il faut que je trouve une autre idée.

Les minutes passent, et rien ne vient. Quand je me ressaisis, je constate que le bateau a encore dérivé et que je m'éloigne de l'île. Je saute sur les rames, les remets à l'eau et pousse. Soudain, je sens la coque frotter sur un rocher. La vague suivante fait basculer le bateau.

Déséquilibré, je lâche les rames, tombe à la renverse. Mon épaule tape le bord du canot, et je me retrouve sous l'eau, sans plus savoir où se trouvent le haut et le bas.

Chapitre 5

Vendredi – 22 h 54

Malgré le gilet de sauvetage, les vagues puissantes me roulent sur le fond. Je heurte un rocher, puis un autre. De mes mains, je cherche une prise, tandis que mes jambes battent furieusement dans l'eau. Quand enfin mon pied rencontre une masse solide, je pousse de toutes mes forces pour regagner la surface. Les vagues s'abattent sur moi sans pitié. Certaines me soulèvent, d'autres me submergent sans prévenir. Elles m'attaquent de toute part, s'engouffrent parfois dans ma bouche alors que je tente de reprendre ma respiration. Je tousse, je crache, je suffoque. J'ai l'impression de n'être qu'une simple brindille ballottée par des flots rageurs.

Le gilet de sauvetage me gêne pour nager. Je décide de m'en débarrasser mais, avant, je me défais de mes chaussures qui, en s'emplissant d'eau, semblent me tirer vers le fond. Puis c'est au tour de mon pantalon qui me gêne trop. Et enfin le gilet. Ainsi libéré, mes gestes deviennent plus efficaces, et je peux nager. Je repense au couteau que j'ai glissé dans ma chaussette, vérifie de la main. Il n'est plus là. Je l'ai perdu.

Dès que je suis sur une crête de vague, je rajuste mon cap. Le port est beaucoup trop loin pour espérer l'atteindre. Alors je n'ai pas d'autre choix que de regagner l'île.

Pour ne pas m'épuiser trop vite, j'alterne la brasse et le crawl, puis des moments où je me laisse flotter. Mais la température de l'eau est si basse que mes muscles s'engourdissent vite, augmentant le danger pour moi.

Quand je pense aux hommes cagoulés, mon esprit s'emballe. S'ils ont découvert ma fuite, peut-être se sont-ils vengés sur ma mère, Camille, ou bien mon beau-père ?

Un instant, je les imagine allongés au sol, morts, baignant dans leur sang. L'image est si terrible que je ne peux retenir un cri, qui m'aide à la repousser.
Je pense ensuite à ma sœur, que ces hommes emmèneront s'ils n'obtiennent pas ce qu'ils veulent.

Je voudrais me réveiller, sortir de ce cauchemar. Mais tout est bien réel. Je suis perdu au milieu des vagues. Impuissant. Peut-être simplement en sursis.

Mes gestes sont de moins en moins vifs. La température de mon corps est en train de chuter. Dès que je suis dans un creux, la panique me gagne. Voir l'île depuis le sommet d'une vague me rassure. Combien de temps cela va-t-il durer ? Espoir. Panique. Espoir. Panique. Laquelle des deux émotions finira par l'emporter ?

Je me demande si j'ai bien fait de me débarrasser du gilet de sauvetage. Je suis désormais condamné à nager, sans plus pouvoir m'arrêter.

Nager. Nager encore. J'évacue toutes les autres pensées.

Je me focalise sur mes bras et mes jambes, sur la coordination des mouvements. J'ignore le froid, la fatigue et la douleur.

Nager. Seulement nager. Pour espérer survivre.

Un creux, une nouvelle crête de vague. Là, j'aperçois plusieurs faisceaux de lampe dans le jardin. L'instant d'après, une vague m'aspire dans les profondeurs. J'étouffe, bois la tasse, ma gorge et mes poumons menacent d'exploser. Puis je regagne la surface, aspire tout l'air que je peux. Les lumières dans le jardin ont disparu. Ai-je rêvé ? Les idées se font aussi furieuses que les paquets d'eau qui me tombent dessus.

Nos agresseurs sont-ils partis après avoir obtenu ce qu'ils voulaient ? Sont-ils en train de me chercher ?

L'obscurité qui enveloppe l'île me force à penser que j'ai rêvé. Alors je nage. Et nage encore, efface mètre après mètre la distance qui me sépare du rivage.

Enfin, à bout de force, j'atteins les rochers. Là, je m'agrippe. Je pleure tellement je suis soulagé. Je me hisse, puis me laisse tomber sur le sol. Épuisé. Gelé. Avec la certitude que je viens d'échapper au pire.

Dès que je retrouve mon souffle, je me ressaisis, me mets à quatre pattes, jette un regard circulaire. Rien. Les rideaux du salon sont toujours tirés. Le plus discrètement possible, je m'approche du ponton. L'homme qui gardait l'endroit a disparu. Je ne sais pas si je dois m'en réjouir. Le bateau de nos agresseurs est toujours attaché là. Ligne effilée. Moteur puissant. Je pourrais monter dessus, le démarrer et partir, ou bien le saboter pour qu'ils ne puissent pas repartir. Mais je déclencherais forcément leur colère, et les conséquences pourraient être terribles.

Soudain, une idée germe dans mon esprit. Oui, c'est peut-être la solution pour espérer sauver Camille.

Je fonce en direction du soupirail pour regagner le sous-sol.

Chapitre 6

Vendredi – 23 h 13

Au pied du mur, je m'allonge sur le ventre, enfonce mes jambes dans le soupirail, puis rampe en arrière. Le sol est glacé et râpe ma peau qui semble sans vie tant le froid est rude. Si les hommes surgissent dans la cave, j'aurai du mal à justifier ma tenue et mon état. Mes pieds sont sans doute en sang. Mes genoux et mes coudes écorchés. Mon visage éraflé.

Ma descente achevée, je m'immobilise pour écouter. Des voix me parviennent depuis l'étage. Je ne comprends pas les mots, mais il n'y a pas de cri, pas de tension apparente. Cela me rassure.

Les poings serrés sous mes aisselles pour tenter de les réchauffer, je m'enfonce dans le sous-sol. Près de la porte, il y a le tuyau d'arrosage. C'est de lui que j'ai besoin. Mais avant, je dois trouver quelque chose pour le sectionner. Une scie? Une pince coupante? L'idéal serait un couteau aiguisé comme il y en a dans la cuisine, mais je ne peux pas remonter. Alors ça ne sert à rien de perdre du temps à rêver.

Par chance, mon beau-père est ordonné. Presque maniaque. Toujours à râler quand les choses ne sont pas à leur place.

Sur le mur, il y a un grand panneau en bois où sont rangés les outils les plus volumineux. Pour être certain que les places soient respectées, il a tracé leur contour au marqueur.

Je pense à Camille. Je ne pourrai pas empêcher qu'ils repartent avec elle, mais je pourrai éviter qu'ils n'accostent sur le continent et disparaissent peut-être à jamais.

De mes mains, je trouve enfin la scie, mais je me rends compte que la lame a été retirée. Merde! Je me rabats sur les pinces, tâte l'extrémité de chacune, en trouve une coupante.

Je rejoins au plus vite le tuyau enroulé sur lui-même, attaque le plastique avec l'outil, parviens à le couper sous la poignée d'arrosage. Avec ma main, je mesure approximativement la taille dont j'ai besoin. Une cinquantaine de centimètres suffiront. Puis, pris par le doute, je double la longueur.

Là encore, j'arrive très vite à sectionner le tuyau. Avec ça, je vais pouvoir vider le réservoir de carburant du bateau de nos agresseurs.

Avant de quitter la cave, j'enfilerais bien un ciré pour me protéger un peu du froid et de la pluie. Mais à vouloir jouer le parfait Breton, mon beau-père les a tous achetés jaunes. Comme tous les bons touristes ! De quoi se faire aussitôt repérer dans la nuit. Je renonce aussi à passer des bottes, car si je dois retourner dans l'eau, elles se rempliront et m'entraîneront vers le fond.

Dehors, le froid me semble plus mordant que tout à l'heure. Je grelotte tellement que j'ai du mal à avancer et que je dois serrer mes deux mains sur le tuyau pour ne pas qu'il m'échappe. J'essaye de courir, n'y parviens pas. J'ai trop mal, trop froid, trop peur. Pourtant je sais que les types peuvent surgir à tout moment. Dans mon état, il sera difficile de leur échapper.

Je m'arrête au coin de la maison pour observer. Avec la pluie dans les yeux, il me faut un moment pour m'assurer que la voie est libre. Quand j'en suis enfin certain, je fonce. Tout droit. Pour ne pas perdre de temps. Au risque de me faire repérer.

Une fois sur le ponton, je me jette dans le fond de leur bateau. Là, je rampe jusqu'au moteur. Trois cents chevaux. De quoi filer d'ici à toute allure.

De mes doigts gourds, je dévisse le bouchon du réservoir, plonge le tuyau dedans, vide mes poumons de tout l'air qu'ils contiennent, et aspire. Très vite, je me retrouve avec de l'essence dans la bouche, que je crache par-dessus bord. Le goût est horrible, mais l'important, c'est que j'aie réussi à amorcer le siphon. Par l'extrémité du tuyau qui pend le long de la coque, je regarde s'écouler le carburant dans la mer. À un autre moment, cela me révolterait que quelqu'un puisse faire ça mais, là, il y a urgence, et je n'ai pas le choix. Entre l'écologie et ma sœur, je choisis ma sœur.

Je dois en laisser suffisamment dans le réservoir pour qu'ils puissent partir d'ici, mais pas trop pour qu'ils tombent en panne avant d'avoir atteint le continent. Le problème, c'est que je n'ai aucun moyen de savoir ce qu'il reste dans le réservoir... Mon plan se résume donc à un coup de dés. Autant dire qu'il a peu de chances de réussir. Je suis au bord du découragement quand j'aperçois un bidon rouge. Que je n'avais pas vu avant. Ils envisagent donc de rejoindre la côte en un point éloigné d'ici et ont tout prévu pour refaire le plein du réservoir en cours de route.

J'attrape le bidon, l'ouvre, vide une partie de son contenu, me baisse et rajoute de l'eau de mer dedans pour compléter le niveau. Le moteur n'aimera pas. Vraiment pas. Quand je remets le bidon à sa place, j'ai enfin l'impression que les choses tournent en ma faveur.

Mais soudain, une voix m'interpelle :

– Qu'est-ce que tu fous là ?

Chapitre 7

Vendredi – 23 h 28

– Espèce d'enfoiré ! me lance le braqueur.

Mon cœur bat si fort dans mes tempes que je ne perçois plus aucun bruit autour de moi. Tout se mélange dans ma tête. J'ai envie de pleurer. À cet instant, j'ai l'impression de redevenir un enfant.

J'aurais besoin qu'on me réconforte, qu'on me glisse à l'oreille des mots apaisants, ou seulement qu'on me prenne la main et qu'on la serre.

– Qu'est-ce que t'as foutu ? demande le type sur un ton agressif.

Je baisse la tête, prends un air désolé.

– J'ai essayé de… m'enfuir.

Il me donne un violent coup dans le ventre et me pousse brutalement vers l'avant. Je ne sais pas ce qui m'attend, j'ai peur. Des sirènes hurlent dans ma tête.

*

Dès qu'elle m'aperçoit, ma mère tente de se précipiter vers moi. Mais l'autre homme la retient.

– Ne bougez pas !

De son arme, il pointe la tête de Camille.

– On se calme ! On se calme ! lance mon beau-père, dont le col de chemise est maculé de sang. Plus personne ne va bouger.

Ma mère s'est figée. Son visage est déformé par l'inquiétude. Je la trouve vieillie. Ses traits se sont creusés. De larges cernes noirs soulignent ses yeux. J'aimerais tant me réfugier dans ses bras.

– Il a essayé de s'enfuir, raconte celui qui m'a ramené.

Je baisse la tête, fixe mes pieds pour ne pas croiser le regard de mes parents. Puis j'explique :

– Notre bateau s'est fracassé sur les rochers, j'ai dû revenir à la nage. J'ai failli me noyer. Et puis j'ai voulu voler leur bateau...

Ma mère se met à pleurer. Ses sanglots me brisent le cœur. J'imagine la tête de mes proches. Leur déception. Leur regard sur moi, plein de reproches.

L'homme presse soudain sa main sur ma nuque pour me forcer à me mettre à genoux. À peine ont-ils touché le sol qu'il m'assène une claque, si forte qu'elle me projette sur le sol.

– Ne frappez pas Léo ! intime mon beau-père.

Quand je rouvre les yeux, Camille est là, devant moi, son visage à quelques centimètres du mien. Je veux lui sourire, mais un coup de pied dans mes côtes m'en empêche. La douleur est tellement intense qu'elle irradie partout dans mon corps. Je ne peux m'empêcher de crier.

– Si tu ne veux pas qu'il y ait de blessés, tu sais ce que tu dois faire, au lieu d'inventer des excuses et de nous mener en bateau !

Je comprends soudain que mon beau-père n'a toujours pas réussi à effectuer le virement exigé par les deux hommes.

Un lourd silence envahit la pièce. L'homme pointe son arme sur moi.

– Je commencerai avec une balle dans son pied gauche. Ensuite, je viserai le droit. Et je finirai par la tête !

Ma mère lâche un hurlement désespéré.

Le plus grand s'approche de son complice.

– Calme-toi, lui dit-il. On s'en tient à ce qu'on a décidé. Si on n'a pas de confirmation du virement, on embarque la fille !

– Papa, s'il te plaît, le supplie Camille.

– Pour un vol avec violence, vous risquez dix ans de prison, explique mon beau-père d'une voix qu'il espérait sans doute plus ferme. Pour enlèvement et séquestration, ce sera vingt ans !

– On n'a pas de leçons à recevoir, réagit celui qui me menace. On sait ce qu'on fait. Et on sait ce qu'on a à faire.

Chapitre 8

Vendredi – 23 h 52

– Il te reste huit minutes. Après, on part avec ta fille !

La tirade sur les peines encourues n'a eu aucun effet. Les deux hommes cagoulés semblent plus déterminés que jamais.

J'observe mon beau-père alors qu'il s'assoit devant l'ordinateur. Il évite de nous regarder. Ses gestes sont nerveux. J'écoute le cliquetis du clavier, puis mon beau-père qui lâche un lourd soupir.

– Je ne peux rien faire de plus, explique-t-il. Toutes mes tentatives sont des échecs. Rien ne sera possible avant demain matin, à l'ouverture de la banque.

Un des hommes cagoulés nous indique le coin du salon.

– Allez vous asseoir là-bas ! Par terre !

Sa voix est toujours aussi rude.

– Pas toi! ordonne-t-il à Camille. Toi, tu pars avec nous!

– Vous n'avez pas le droit, proteste mon beau-père.

Son ton est une supplique.

– Demain à huit heures, j'aurai le banquier, et je me débrouillerai pour que le virement soit fait aussitôt. Et après, vous pourrez partir.

– Ferme-la et va t'asseoir avec les autres.

Je me lève.

– Emmenez-moi à la place de ma sœur.

Le plus petit éclate de rire.

– Pour que tu tentes une nouvelle fois de te faire la malle ? Avec la gamine, on sera plus tranquilles. Et puis je vous ai déjà dit qu'on n'a de conseils à recevoir de personne !

Je comprends qu'ils en font une question de principe et qu'ils ne changeront pas d'avis. Je me sens vide de toute énergie.

– Retourne t'asseoir ! Et toi avec, dit-il à mon père.

L'autre retient Camille. Elle me lance des regards inconsolables. J'aimerais pouvoir lui dire qu'il y a encore un espoir, mais je ne veux pas courir de risque.

D'un sac, l'homme tire une corde.
Ma mère a glissé sa main entre les miennes, que je tiens serrées. L'homme les attache ensemble, sans faire le moindre commentaire. Elle pleure toujours. Je voudrais pouvoir la consoler, mais je ne trouve pas les mots pour le faire.

L'homme serre la corde si fort que j'ai l'impression qu'elle m'arrache la peau. Mais je ne proteste pas. Je n'en ai plus la force.

Dans cinq minutes, ils partiront avec Camille. Je ne peux plus rien faire pour les en empêcher.

Je garde la tête penchée sur mes genoux. Je les entends rassembler leurs affaires.

– Il ne faut rien oublier, murmure l'un d'eux.

Les zips du sac. Les clics de la mallette qu'ils referment. Les sanglots de Camille. Ceux de ma mère. Quelques secondes auront suffi pour pulvériser le sentiment de bonheur qui nous réunissait. Et maintenant, ils vont emmener Camille. J'ai envie de hurler. Tout se déchire en moi. Je suis anéanti.

Je m'en veux de ne pas avoir été capable de conduire le canot jusqu'à la côte.

Puis la lumière s'éteint, nous plongeant dans le noir total. L'instant d'après, la porte de la maison claque derrière nos agresseurs. J'imagine Camille, que les deux hommes poussent jusqu'au bateau. J'imagine sa peur. L'impression qu'on l'abandonne. Que c'est fini pour elle.

Aucun de nous n'ose bouger, ni rien dire. Le temps semble s'être arrêté. Nous sommes sonnés. C'est comme si nous nous immobilisions enfin, après avoir vécu des émotions trop fortes sur un manège complètement dingue. À part que là, tout est vrai. Et que rien n'est fini, puisqu'ils ont ma sœur.

Le sifflement du vent dans les gouttières et le fracas des vagues se mélangent pour former un écho sinistre.

– Léo, murmure mon beau-père, tu as été très courageux. Je suis vraiment désolé de tout ce qui est arrivé. Mon entreprise est en difficultés. Je... Il y a encore un mois j'aurais pu faire aussitôt le virement. Et tout serait fini.

Ma mère se remet à pleurer. À mon tour, je fonds en larmes. La fatigue. Le froid. La douleur. La peur accumulée. Et puis il y a l'émotion, qui serre ma gorge. Une immense fatigue s'abat sur moi.

– Ma petite fille, lâche ma mère dans une plainte déchirante quand le moteur du hors-bord démarre.

Le vrombissement donne le signal. Sans nous concerter, nous nous mettons tous les trois à nous tortiller pour tirer sur nos poignets.

Soudain, la main de ma mère parvient à s'échapper des miennes. La corde se détend instantanément.

Nous sommes libres.

Chapitre 9

Samedi – 00 h 11

Très vite, je parviens à me dégager de mes liens. Mon beau-père fait de même.

L'instant d'après, nous nous retrouvons debout, et nous nous serrons tous les trois dans les bras. Mais l'étreinte se relâche aussitôt.

Soudain, mon esprit se remet à fonctionner. Je me revois dehors, dans la nuit, courant avec le bout de tuyau, puis sur leur bateau en train de siphonner le réservoir. J'ai même l'impression d'avoir toujours le goût de l'essence sur la langue.

– On va sauver Camille !

Les mots semblent s'être échappés de ma bouche, sans que j'aie eu l'impression de les formuler.

Je sens ma mère se raidir.

– Qu'est-ce que tu racontes ? s'inquiète mon beau-père.

– Suivez-moi dehors !

L'énergie qui coule en moi est si forte que mes paroles sonnent comme un ordre.

– Attendez ! nous intime ma mère.

Elle disparaît dans la nuit. Je l'entends ouvrir des placards, puis elle revient les bras chargés de vêtements.

– Enfilez ça !

En quelques secondes, je me retrouve emmitouflé dans des habits chauds. Je laisse mes parents finir de s'habiller, file vers le sous-sol. À droite de la porte, il y a une petite armoire. À l'intérieur, le pistolet de détresse et une boîte de cartouches. Je glisse le tout dans mes poches puis remonte aussitôt dans le salon. Là, l'ambiance a changé. Mes parents m'attendent, m'interrogent déjà du regard. Ils veulent en savoir plus, et la pression qui pèse maintenant sur mes épaules est lourde.

– Qu'est-ce que tu faisais en bas ? me demande mon beau-père.

– Tu vas voir. Allons dehors !

– Non, s'oppose ma mère.

L'angoisse a envahi sa voix.

Je devrais prendre le temps de la rassurer, mais l'urgence est la plus forte.

– Fais-lui confiance, intervient mon beau-père. Il sait ce qu'il fait, non ?

Je sens que la question ne s'adresse pas à elle, mais à moi. Je suis content que l'obscurité m'empêche de croiser le regard de ma mère.

Le « oui » que je lâche est timide, hésitant.

– Tu es sûr de ce que tu fais ? insiste mon beau-père.

– Oui !

Cette fois, ma voix est puissante et convaincante.

– Alors allons-y ! lance-t-il.

Ma mère reste silencieuse, je prends ça comme une forme d'accord de sa part.

Je pivote pour gagner l'extérieur, m'élance. Quand je franchis le seuil de la porte, je me rends compte que je suis pieds nus, mais cela n'a aucune importance.

Dehors, le vent a un peu faibli et la pluie a cessé. Je cours en direction du ponton, mon beau-père dans mon sillage.

Là, je m'arrête, commence à scruter la nuit. Au loin, j'entends le vrombissement du bateau qui emmène Camille. Ils filent vers le nord, en direction de la côte. Dans l'instant, je me fais un film de ce qui pourrait arriver si la panne d'essence que j'ai voulu provoquer ne survenait pas. J'imagine que quelqu'un les attend, quelque part, et qu'ils accostent dans un coin discret. Une fois leurs affaires déchargées, ils portent ma sœur jusqu'à une voiture puis ils mettent le feu à leur bateau pour faire disparaître toute trace. J'ai vu dans un reportage que les braqueurs procèdent ainsi avec les véhicules qu'ils ont utilisés pour leur opération. De quoi terroriser un peu plus Camille.

– Qu'est-ce que tu comptes faire ? me demande mon beau-père, qui vient de me rejoindre, essoufflé.

D'un geste, je lui intime de se taire et de garder le silence.

À intervalles réguliers, l'éclair lancé par le phare balaye la surface de l'eau. Mais c'est insuffisant pour apercevoir quoi que ce soit. Sur la côte en face, seuls quelques lampadaires indiquent qu'il y a de la vie. Aucune habitation n'est allumée.

J'écoute le bruit du moteur. Il ronronne avec une régularité parfaite. De nouveau, le doute m'envahit, qui fige mes pensées.

Je revois l'essence s'écouler dans la mer, alors que je siphonnais le réservoir. Comment avoir la certitude que j'en ai retiré la bonne quantité ?

Je sens le regard de mon beau-père sur ma nuque. Je fixe mon attention sur le bruit du moteur qui s'éloigne. Bientôt, le bateau disparaîtra à jamais dans la nuit. Et avec lui, Camille. Je serre mes poings, crispe mes mâchoires, comme si cela pouvait aider le destin.

Soudain, alors que je suis en train de perdre tout espoir, le moteur se met à tousser, puis cale.

Mon beau-père ouvre de grands yeux incrédules quand je sors le pistolet de détresse. Du sang coule toujours de son arcade sourcilière.

Chapitre 10

Samedi – 00 h 17

Quand je presse la détente, un claquement retentit, suivi d'un sifflement strident qui s'éloigne à la vitesse de l'éclair, en laissant dans son sillage un fin trait brillant.

La seconde suivante, une boule rouge s'épanouit dans le ciel, qui illumine les nuages au-dessus, et la surface de la mer.

Mon beau-père ne peut réprimer un sourire. Il a compris mon plan.

En silence, nous regardons la fusée de détresse descendre doucement en oblique, poussée par le vent.

Intriguée, ma mère nous rejoint. Elle a les yeux rivés sur le ciel. La lumière diffusée par la fusée de détresse enflamme son visage. J'imagine celui de Camille baigné par le même éclat. Un éclat qui me rappelle le moment où elle soufflait les bougies de son gâteau d'anniversaire, en début de soirée. Ce moment semble appartenir à un autre monde, tant il s'est passé de choses depuis.

– Tires-en une autre, me demande ma mère alors que la boule va toucher la surface de l'eau et s'éteindre.

Je m'agenouille, arme mon bras en direction du ciel.

– Vas-y Camille, souffle ! C'est ton anniversaire aujourd'hui.

Je l'imagine inspirer profondément, gonfler ses joues. J'appuie sur la détente quand je me la représente en train de commencer à souffler.

Quelques secondes plus tard, le ciel s'embrase de rouge.

– Oh, merci Léo, murmure ma mère.

Mon beau-père a les yeux fixés sur le rivage, face à l'île. Là-bas, rien ne bouge. Les traits de son visage se sont durcis. Deux rides profondes marquent son front.

Je me redresse, glisse une nouvelle cartouche dans le pistolet et m'apprête à tirer.

– Attends, dit-il. Les marins ne tirent jamais plusieurs fusées si rapprochées.

J'abaisse mon bras, fixe à mon tour la côte.

Dans le ciel, les bourrasques de vent ramènent la boule lumineuse vers nous. Peut-être que personne d'autre ne l'a vue.

Dès qu'elle approche de l'eau, je tends mon bras, vise à la verticale pour que la fusée grimpe le plus haut possible dans le ciel. Nous la regardons monter, puis éclater au-dessus de nos têtes.

– Ils nous ont vus ! crie alors mon beau-père.

Sur le port, en face, des lumières s'animent. Des phares de voiture, et même un gyrophare bleu qui flashe le ciel.

Mon beau-père repart jusqu'à la maison, et revient avec une paire de jumelles, qu'il me tend aussitôt.

– À toi l'honneur, me dit-il en me donnant une petite tape amicale sur l'épaule. C'est grâce à toi, tout ça.

Je braque les jumelles sur le rivage. Une dizaine de personnes s'agitent. Plusieurs grimpent sur le bateau de secours en mer.

– Ils seront bientôt là, j'annonce.

Épilogue

Dimanche – 11 h 15

Un bruit de verre brisé me fait sursauter. Je sors aussitôt de ma chambre.

– Ça va?

– Ce n’est rien, me répond aussitôt ma mère. J’ai juste laissé échapper un bol.

Cela fait maintenant deux jours que l'agression a eu lieu, mais tous mes sens restent en alerte, comme si le danger pouvait ressurgir à tout moment. Dès que je ferme les yeux, le rouge des fusées de détresse embrase mes pensées. Pourtant, ma mère fait tout pour recréer le climat paisible que nous avons toujours connu.

De la cuisine monte une délicieuse odeur de pain grillé, à laquelle se mêle celle du lard qui frit dans la poêle.

Je fourre mes dernières affaires dans mon sac. En début d'après-midi, nous quitterons la maison, et l'île. Si ça n'avait tenu qu'à moi, nous aurions regagné Paris aussitôt Camille sortie des griffes de nos agresseurs. Mais le médecin des pompiers qui l'a auscultée a souhaité la placer en observation pour vingt-quatre heures à l'hôpital, puis a conseillé à mes parents de revenir sur l'île avec elle avant de rentrer à Paris.

– Elle ne doit pas rester sur ce traumatisme, a-t-il expliqué. Et ça vaut pour vous aussi...

Alors nous sommes revenus tous ensemble, et nous allons partager un dernier repas ici. Un vrai brunch, qu'on n'est pas près d'oublier, nous a prévenus ma mère.

Mais l'enthousiasme n'y est pas. J'aimerais déjà être à Paris, et retrouver Lisa. Me réfugier dans ses bras câlins. Et penser à l'avenir, ou simplement profiter de l'instant présent.

Dans la salle de bains, j'attrape ma brosse à dents et le tube de dentifrice. D'habitude, je les laisse là, comme un signe qui m'assure que je reviendrai. Cette fois, je les glisse dans ma trousse de toilette, tire sur la fermeture Éclair, et la jette dans mon sac.

Je m'approche de la fenêtre et l'ouvre, regarde la mer qui s'est apaisée, et prends une longue inspiration. Deux réalités s'affrontent dans mon esprit.

Les images du dernier été défilent. L'excitation provoquée par la puissance des vagues qui poussent et soulèvent ma planche, par le vent qui tend ma voile, par cette sensation de glisse qui me donne l'impression de dominer les flots. Il y a la quiétude qui gagne cette île quand le soleil plonge dans la mer à l'horizon et que l'air devient un peu plus frais. La nuit qui tombe, les étoiles qui s'allument une à une dans le ciel, avec l'impression de n'être qu'une minuscule chose perdue dans l'univers.

Et puis il y a les images terribles du braquage dont nous avons été victimes. La violence de nos agresseurs. Les coups. Les menaces. Les tirs d'armes automatiques.

Quand les secours sont arrivés sur l'île, je leur ai expliqué dans quelle direction était partie l'embarcation. Je leur ai dit que nos preneurs d'otages étaient en panne de carburant, et qu'ils détenaient Camille.

Ils ont aussitôt déclenché une vaste opération. Deux bateaux. Un hélicoptère. Il leur a fallu moins d'une demi-heure pour les retrouver et sauver ma sœur. Camille nous a raconté qu'à l'arrivée des forces de l'ordre, les trois hommes se sont jetés à l'eau pour tenter de fuir et l'ont abandonnée dans l'embarcation à la dérive.

Deux ont été repêchés et ensuite présentés à un juge. Agression avec arme.

Enlèvement et séquestration de mineure. Mise en danger de la vie d'autrui. Ils risquent jusqu'à trente ans de prison.

Le troisième est toujours porté disparu. Les secours pensent qu'il s'est noyé. Avec ses puissants courants, la zone est particulièrement dangereuse.

– Léo, j'ai faim ! me crie Camille de la cuisine. On t'attend pour commencer. Viens vite !

Je referme la fenêtre.

De tout cela, nous nous remettrons. Tous. Même Camille. Les psychologues de l'hôpital ont dit qu'elle avait eu vraiment peur, que ça laisserait sans doute des traces, mais qu'ils l'accompagneraient jusqu'à sa complète guérison.

Ce que je ne pardonnerai jamais à ces hommes cagoulés, c'est d'avoir instillé un sentiment d'angoisse qui nous accompagnera longtemps quand nous serons ici. Mais je refuse l'idée qu'ils aient brisé un rêve. Cette île est un coin de paradis, et doit le demeurer. Nous allons tout faire pour. Je m'imagine déjà ici avec Lisa, l'été prochain. Je n'ai maintenant qu'une hâte ; quitter ce lieu pour m'acheter un nouveau portable et enfin l'appeler.

L'AUTEUR

Après vingt ans passés dans l'enseignement et la formation, **Jean-Christophe Tixier** a largué les amarres pour se consacrer complètement à l'écriture.
Il est l'auteur d'une trentaine de romans, dans des genres et pour des âges différents, pour la jeunesse et les adultes.
Il est aussi l'auteur de nouvelles, de BD et de fictions radiophoniques qui ont été diffusées sur France-Inter.
Il partage désormais son temps entre Pau et Paris.

www.jeanchristophe-tixier.fr

L'apprentissage de la lecture est une étape importante dans la vie de l'enfant. Parfois, c'est aussi un parcours du combattant : bataille pour reconnaître les lettres, identifier les mots, comprendre le sens du texte. Mais c'est aussi un grand bonheur : celui de partager les aventures de héros extraordinaires, de vivre des émotions particulières, de s'ouvrir sur le monde.
Cette nouvelle collection a été pensée pour ceux qui « n'aiment pas lire », parce qu'ils n'ont pas encore trouvé le plaisir de lire : jolie présentation, mise en page aérée et agréable, police d'imprimerie facilitant la reconnaissance des lettres, déroulé narratif simple, aide à la compréhension avec présentation des personnages et du contexte de l'histoire, vocabulaire adapté. Parce que lire est un vrai plaisir qu'il faut partager avec tous les enfants, il faut le rendre accessible à tous.
Donnons-leur cette chance !

Monique Touzin
Orthophoniste au Centre Paris Santé Réussite et chargée d'enseignement d'orthophonie à l'Université de Médecine Pierre et Marie Curie.

DANS LA COLLECTION

FLASH FICTION

Les éditions Rageot remercient Monique Touzin pour l'aide qu'elle a apportée à l'élaboration de la collection « Flash Fiction ».

PAPIER À BASE DE FIBRES CERTIFIÉES

RAGEOT s'engage pour l'environnement en réduisant l'empreinte carbone de ses livres. Celle de cet exemplaire est de : 450 g éq. CO_2
Rendez-vous sur www.rageot-durable.fr

Achevé d'imprimer en France en janvier 2022
sur les presses de
l'imprimerie Dupliprint Mayenne
Dépôt légal : avril 2021
N° d'édition : 5529-04
N° d'impression : 2970714B